KB076082

우리는 좀더 어두워지기로 했네

우리는 좀더
어두워지기로 했네

이설야 시집

창비

차
례

제3부 · 별로 슬프지 않은 날이었다

제 1 부

눈발 내리던 날들이 지나고

성냥팔이 소녀가 마지막 성냥을 그었을 때

성냥 한개비를 켜면
눈먼 소녀가 덜덜 떨며 울고 있습니다

성냥 한개비로 촛불 하나를 켜면
망루에 얼어붙은 다섯 그림자가 상여를 밀어올리고

또 성냥 한개비 그어 촛불들을 옮겨 붙이면
높은 사다리 위에 선 그녀가 멀리 타전하고 있습니다

금 간 벽에 부러진 성냥 한개비 긋자
벽 속으로 뛰어들어가는 사람들
붕대를 감은 그림자들이 재개발 상가 입구에 멈추고
성냥개비를 입에 문 늙은 소년들이 지하도로 숨다가 멈
추고
꽃들이 피다가 멈추고 새들이 날다가 멈추고
돌아보니 아무도 없고, 저 혼자 피었습니다

무궁화꽃이 피었습니다

무너져내리는 벽 속을 뛰쳐나와 누군가 마지막 성냥을 그었을 때

　저기 멀리 불붙는 광장에 눈먼 소녀 머리카락이 보일락 말락

못, 자국

검버섯 같은 하늘이 점점 내려오는 저녁
한 여자가 꽃잎을 여기저기 붙이고 돌아다녔다

개흙이 훤한 똥바다에 삿대질하다가
수문통시장 다락방들을 지날 때면
고래고래 소리까지 지르다가
만화로다방 앞에 와서는 옷을 다 벗어버렸다

돈 벌러 중동 간 남편이 죽었다 하기도 하고,
아이가 열병으로 죽었다 하기도 하고,

꽃잎이 하나둘 떨어져서야
여자의 마맛자국이 보였다
못 자국 같은 생(生)의 숨구멍들이 보였다

지금은 솔빛마을이 들어서고
도로 밑에 개흙, 죽은 물고기들,
수문통 다락방 젖은 나무들,
모두 묻혀버렸지만,

비석 같은 아파트가 세워지고
마맛자국처럼 하늘에 구멍을 낸
달이 떠서 또
바다로 흘러가고 있지만,

동일방직에 다니던 그애는

하늘에 온통 붉은 눈발 내리던 날들이 지나고
빙판길에도 봄이 들어서는
꽃을 꽃이라고만 불러야 하는 계절이 돌아와
내가 상고에 간신히 입학했을 때
그애는 동일방직에 나갔지
낮에는 공장 다니고, 밤에는 산업체 야간학교 다니고
내가 밀린 납부금 때문에 복도에서 벌을 서고 있을 때
그애는 여공이 되어 솜뭉치로 매일 가슴에 돋는 상처를
봉했네
커다란 기계 밑에서 나사못처럼 구부러지고 있었네
나사못이 된 그애가 만든 실이 내 몸으로 감겨왔던가
나는 밤마다 영혼의 올이 하나둘 풀려 가느다란 실로 집
을 지었네

전염병처럼 졸음이 오고 분홍 알약이 목구멍으로 사라
지면
잠 대신에 악몽 속의 귀신들이 따라다니며 실을 풀어
갔네
천사가 올 때까지만 다닌다던, 그애

굵은 눈송이가 눈물 대신 내리던 어느날

파란 시내버스에서 만난 그애는 훌쩍 어른이 되어 있었지

매연 같은 인사를 나누고

버스에서 내리던 그애, 검은 신사복과 팔짱을 끼고 갔네

옆방에 세 살던 은자 언니도

키 큰 신사복에게 구두 선물을 받고는 했지

그러곤 헤어졌다네 신사복들은 하나둘 집으로 돌아갔지

벌집통을 누군가 차버렸나

매일 벌에 쏘였네 퉁퉁 부은 상처로 문을 걸어 잠그고

내가 음악 속으로 사라질 때도

주판알을 튕기며 맞지 않는 숫자와 세상의 셈을 미리 배울 때도

그애는 검은 신사복과 집 나간 사랑을 했던가

공설운동장 구석진 담벼락 아래, 어린 군인들이 매일 군홧발에 맞고 있었네

내 가슴은 조금씩 세상 밖으로 튀어나왔네

그애는 여전히 낮에는 솜뭉치, 밤에는 책 속에서 벌레가
되었네
　내 잠 속에서 커다란 악보가 물결 춤을 출 때
　그애의 잠 속에는 커다란 남자가 잔병처럼 나뒹굴었네
　무거운 실들이 지나간 물결 자국, 안감과 겉감처럼 포개
지고 뒤엉켰네

　그애의 얇은 음막이 찢어졌네
　미끄덩거리는 울음이 미리 빠져나간 자리
　습자지 같은 사랑이 찢어졌네
　하늘이 내려앉은 그애의 가슴은 점점 더 큰 솜뭉치가 되
어갔네
　눈물 먹은 솜뭉치는 얼어버렸나 쨍그랑, 얼음처럼 깨
졌네
　그애의 질병 같은 사랑도 영 끝이 났다네
　산업역군이라던 그애의 가면 아래 썩어가던 일기장
　폐수가 흐르는 수문통에서 다시 그애를 만났을 때
　그애의 상처는 딱딱하게 굳어갔지
　밀랍 인형 몇이 따라다니며 상처를 닦아주었네

인형들의 눈빛은 공장 굴뚝 연기처럼 흔들리고 있었네

우리 올 풀린 영혼들, 물풀처럼 개천으로 흘러가 마냥
더러워지기로 했네
　개천이 만들어준 평화는 오래된 흑백 일기예보처럼 맑
음 대신 아직도 천둥 번개가 치지만
　용서는 개천에나 버리기로 했네
　부러진 빗자루를 탄 구름마녀들의 하늘이 모두 개천이
될 때까지
　우리는 좀더 어두워지기로 했네

눈 내리는, 양키시장

눈은 내려 쌓여, 집을 지우고
영하(零下)로 내려간 아버지
김장 김치를 얻으러 양키시장 골목 안으로 들어갔다
애들 먹을 것도 없다고 소리소리 질렀다
항아리 바닥에서 묵은 김치 몇포기가 간신히 올라왔다
곰팡이가 버짐처럼 피어 있었다
아버진 비좁은 골목의 가로등, 희미하게 꺼져가고
곰팡이꽃 같은 눈이 흩날리고 있었다
그 겨울, 김치 몇조각으로 살았다

죽은 엄마가 가끔 항아리 속에서 울었다

미제 초콜릿, 콜드크림, 통조림이 즐비하던 양키시장
내 몸 어딘가 곰팡이꽃이 계속 자라고 있었다

더이상 키가 자라지 않았다

일번지다방

종이 인형

화평동 이모들은
일번지다방에 나가요
기차가 지나가면
창문 유리가 아슬아슬한 이모들처럼
깨질 듯하던 일번지다방
밤이 되면 아이들은
검정 구두를 신고 소꿉놀이를 하지요

이모들 창문에는
가슴이 찔리면서도 떼어내지 못하는
고드름이 매달려 있지요
기차 소리가 고드름 속으로 사라지면
전봇대도 하나둘 불을 *끄*지요

화평동 이모들은
네모난 상자 속
모가지가 잘린 종이 인형처럼
한가지 마른 얼굴로
일곱가지의 젖은 밤을 자지요

수문통 언니들

수문통시장 언니들
단발머리 쥐가 파먹은 듯
잘리고 뒷골목에 모여
도루코 면도날을 씹다가 뱉었다
학교 가는 아이들 돈 빼앗다가
창고에 갇혀 울었다

입속에서 부서진 집들

언니들 머리채 잡고
시궁창 속으로 미끄러지던 손
찢어진 치마 속으로 들어가던 두꺼운 손

못 박힌 별들이 하나둘 켜지면 언니들
달처럼 몰래 광 속에서 빠져나와
깡시장 오빠들과 자유공원에 올라갔다
피 한방울 흘리지 않고
면도날을 나눠 씹었다

아직 뱉지 못하는 말들

언니들 조금 더 자라자
볼록한 배를 광목천으로 꽁꽁 감고
해바라기 검은 씨앗이 무럭무럭 자라던
톱밥 가루 날리던 목공소를 지나
굴다리 밑을 또각또각 지나
동인천 일번지다방에 나갔다
나가서 돌아오지 않았다

해성보육원
까마귀 혓바닥

*

한 아이가 울자
슬픔을 까먹었던 아이들도 따라 울었다
담쟁이처럼 한잎 또 한잎 아이들은 손을 잡고
자꾸만 담벼락을 넘어왔다

해성보육원 아이들
까마귀처럼 까맣게 모여 울다가
버리고 간 붉은 얼굴 그리다가
해를 꿀꺽 삼키다가
목구멍이 빨갛게 타들어갔다
담쟁이 잎에 까마귀 눈물 자국들 찢어졌다

*

수문통 똥바다를 기웃거리던
발바닥이 새까만 화평동 아이들
주인집에 놀러 가면
작은 손아귀에 뭔가를 움켜쥐고 나왔다

22

폭설이 내리던 어느날 아침
나와 동생은 대문 밖,
발가벗겨져 눈 속 깊이 파묻혔다

까마귀 혓바닥으로
오래오래 울었다

점집 아이

그 아이는 점집 빨간 대문 안으로 사라졌다

화평동 신일제분소 골목
늙은 고양이가 루핑 지붕 위를 지나간다
찹쌀 도넛이 기름 위에 둥둥 떠 있고,
개천에서는 지렁이가 물풀처럼 자란다

천장에 거꾸로 매달린 물풀 같은 얼굴들
부적과 함께 그을리던 벽지, 부서지던 살림들
더럽게 긴긴 날들이 늘어지고 있었다

삼화목욕탕 앞집 혼혈 아이 엄마는 어느 해
환한 겨울, 눈사람 속으로 사라졌다
눈사람의 배꼽에서 간신히 빠져나온 아이는
흰 붕대를 감은 미라가 되어갔다

피를 흘리던 노을이 지붕 위에서 잠자면
점집 아이는 문을 열고 나왔다
빨간 내의에 핀 사루비아꽃을 짓이기며

점괘가 담긴 종이를 펼쳤다

하늘에는 붉은 달과 누런 달, 이렇게 두개야
곧, 별들이 이동할 거야
지붕들은 멀리멀리 날아가겠지
이 빨간 부적만 있으면 아프지는 않을 거야

옥수수수염이 미신과 함께 무럭무럭 자라던
아직은 도시가 도시 같지 않을 때
물에 젖은 신발을 신고 가는 아이들처럼
아직은 들판 같은

도시가 한 아이였을 때

사물함 속 춘화도

아이들은 내 공책에다 남자와 여자의 잠지를 그렸다
엉킨 몸 사이로 검정 붓털이 보였다
여자와 남자는
짐승처럼 거꾸로 서로에게 매달려 있었다

사물함에서 공책은 자라기 시작했다
가지에서 뻗어나온 잎사귀들이 목을 조르는 교실
아이들은 등 뒤에서 내 목을 졸랐다
발가벗은 뒤통수들
햇빛이 핥고 있었다

종례시간, 사물함을 열었다
공책 위에서 여자들이 남자들
등에 올라타고 있었다
검정 붓털이 춤을 추며 하늘로 올라가기 시작했다
무럭무럭, 여자와 남자의 잠지가
사물함 속에서 자라고 있었다

노을이 비명을 지르던 운동장

돌아보니 싸리나무 말고는
아무도 없었다

크레파스

반장의 사물함에서 크레파스가 없어졌다

종례시간, 선생님은 갱지를 나눠주며
눈을 감고 동그라미 네개를 그리라고,
똑같이 그리라고,
그리지 못하면 도둑이라고,

나는 실눈을 뜨고, 동그라미 위에다
동그라미를 똑같이 그려넣었다

내가 훔친 건
작은 연못에 빠져 죽은 구름 물고기의 희한한 마술
복도 끝에 매달려 울다 잘려나간 그림자 한 귀퉁이였
는데
선생님은 왜 나에게 크레파스를 주셨을까

내게는 도무지 알 수가 없는 색들
백묵이 뚝뚝 부러지던 칠판의 산수 문제보다
더 어렵게만 보이던 '정직하자'는 검은색 급훈

질퍽한 운동장에 새겨진 신발 자국, 그 안에 갇힌 황토
색 빗물
　　느티나무에 걸려 찢어진 낮달
　　도화지에 억지로 그려야만 했던 빨간 도깨비와 방망이

　　집으로 돌아오는 길
　　율도 공사장에다 크레파스를 파묻어버렸다
　　화장(火葬)을 기다리는 관 속 사람들처럼
　　반듯하게 누운 크레파스 24색을
　　나는 도저히 이길 수가 없었다

　　모두가 거짓말 같은
　　엄마 장례식,
　　지나서였다

그림자극

공장에서 돌아온 동생
퉁퉁 부은 손을 보여주었다
쫓아오던 그림자를 옷걸이에 걸어놓고
밤마다 축축한 벽지 속으로 사라지곤 했다

나는 동생의 그림자를 껴입고 잠 속을 들락거렸다
그림자 속에는 동생의 인형들이 살고 있었다
일곱개의 밤을 하늘에 펼쳐놓고 박음질하느라
밤에도 인형들은 눈을 감지 못했다

꿰매고 꿰매도 실밥이 터져나오던
동생의 어린 노동으로
밑단이 뜯어진 가계를 조금은 꿰맬 수 있었다
얼굴까지 퉁퉁 부은 월급날
동생의 축 늘어진 그림자를 인형들이 들고 집으로 돌아
왔다
나는 동생의 그림자를 야금야금 먹기 시작했다

인형들은 울고 웃다가

낡은 찬장 속으로 들어가 달그락거렸다

동생의 일곱 그림자가 빈 그릇 속으로 조금씩 사라지고
있었다

자동인형놀이

눈알 하나가 빠진 인형은 웃고 있었다
얼굴 아래에는 흐느낄 수 없는 심장
인형도 동생처럼 엄마가 없었다

망가진 인형을 업고 울다 지치면 동생은 중얼거렸다
"가고 싶은데, 화. 평. 동."
"차라리 시금칫국에 얼굴을 파묻는 게 낫겠어!"
"붉은 노을에 발가락을 모두 태워버리겠어!"

동생이 인형 웃음소리를 흉내 내자
한쪽 눈만 뜬 인형이 벌떡 일어났다
인형의 배꼽을 꾹 누르자
눈알이 빠진 인형들이 계속 나왔다

황달을 앓던 해바라기 꽃잎들
율도, 불타는 소각장 안으로 자진해 들어가는 밤
별들도 화장(化粧)한 인형들도 불 속으로 뛰어들었다

삐뚤게 나온 조각달이 하늘에 자물쇠를 채우자

검게 그을린 동생이
인형들을 업고
천천히 소각장을 빠져나오고 있었다

아버지 별명은 생쥐

동인천 건달이었다.

밤마다 카바레 불빛 속을 헤매다가 숭의동 쪽방 부엌문을 열고 들어와 도둑고양이처럼 고등어 가시를 발라 먹었다. 전도관에서는 날마다 부흥회가 있었다. 사람들은 하나둘 쓰러져 별나라의 소리를 내뱉었다. 모두가 천국을 다녀왔다고 하는데, 천국이 저마다 달라서 이상했다.

내 귓속에서는 쥐 오줌이 새는 것같이 간지럽고 부럽기도 한, 먼 나라의 이야기들.

그들은 매일같이 모여 울다가 웃다가 어딘가를 다녀오는 것 같았다. 그것뿐이었다. 천국은 점점 더 가난해졌고, 아무도 그 동네를 쉽게 벗어나지 못했다. 골목 끝에 간신히 매달려 삐걱이던 집. 천장에서 쥐들의 발소리가 천둥소리를 흉내 내면, 아버진 점점 더 거칠어졌다.

천국은 어린아이의 것이라고 하는데, 아이들의 입에서는 검은 연기가 흘러나왔다. 연기 속에서 배고픈 쥐들이

내 얼굴을 조금씩 갉아 먹었다. 쥐들의 이빨 자국이 지나
간 내 얼굴이 날마다 종소리와 함께 시궁창 속으로 빠지고
있었지만, 아무도 말을 걸지 않았다.

등화관제

죽고 싶다
는 말을 이름표처럼 달고 다닌
신흥여인숙 쪽방, 그 계집아이는 겨우 다섯살
족제비눈처럼 찢어져 있었다

단단하게 여물어 있던 아이의
아이 같지 않은 눈망울 속에
늙은 여자 여럿이 다투고 있었다

햇빛이 찾지 않는 내 방문을 자주 열었다
닫았다

함께 라면을 끓여 먹다가
한숨을 국물처럼 삼키던 아이
까맣게 타들어간 장판에 눌어붙어
늦도록 가기 싫어했다

아이가 사라지기 전
문틈으로 아이 아버지의 벌거벗은 몸을 보았다

의붓아버지라고 했다

다음 날, 온 동네 새까만 집들이
가슴에 덜컹거리는 문짝들을 닫고
눈을 질끈 감아버렸다
아이를 삼킨 어둠을 향해
별들이 여기저기서 웅성거렸다

신흥여인숙
다락방

내 푸른 다락방에는 악어가 산다

별들의 지친 눈꺼풀
몇년째 풀지 못한 짐들
종이 한장도 너무 무거워
아무것도 꺼내보기 싫던 다락방

늙은 주정뱅이들 노란 지폐 같은
옆집 늙은 여자들 수챗구멍 같은 입속
이끼 낀 수초들이 춤을 추던 곳
날마다 함께 구겨진 방들

뱀의 아가리 같은 족속들
간신히 연명하다 숨 끊는 구공탄 같은
미나리 속 거머리처럼 우글거리는 가계들
잘못 맞춘 주파수 때문에
날마다 지지직거린다

낡은 책에 그어놓은 빨간 밑줄

접어둔 페이지, 해풍을 수집하던
젖은 나비가 숨어 있던 다락방

아직도 자라느라 들썩거리는
장님이 되어가는 악어들의 푸른 다락방

백마라사(白馬羅紗)

　백마처럼 하얀 양복 입고 오랜만에 아버지가 나타났다. 사나워진 말굽이 방 안을 한바탕 휩쓸고 지나가자 백마라사에서 사온 검정 재봉실이 거미줄처럼 계속 풀려나왔다. 엄마가 손목에다 칭칭 감곤 하던,

　발정 난 도둑고양이, 아기 울음소리가 귓속을 파고들던 밤. 잠결에 아버지에게서 빠져나온 엄마의 거뭇한 아랫도리를 보았다. 피 묻은 내 얼굴이 간신히 통과한 곳, 세상의 모든 울음이 처음 터지던 곳간.

　가래 끓던 바람이 문지방을 밟고 오면 도둑고양이와 생쥐와 지렁이들도 함께 울어주던, 백마라사 상표를 매단 하얀 양복이 무서웠던 집. 끊어진 검정 실을 간신히 이어가던 화평동 집.

제 2 부

나의 푸른 도마뱀

눈사람을 찾아서

그날 정류장은 여인숙이 되었고
여인숙은 눈송이들이 되었다

돌멩이들은 아이들을 낳고 낳아
재가 되었다

먼 눈송이들은 기차가 되었고
너는 연기가 되었다

아무 이름도 되지 않았다

부르지 않았다

문 닫은 상점의 우울

나는 집 나간 고양이
문 닫은 상점의 우울을 즐기는
나는 뚱뚱한 개 새끼
아무거나 처먹고 검게 탄 인형을 토하는

내가 낳은 그림자를 뭉개며 막차를 쫓는
나는 깜깜한 아버지의 온도
가질 수 없는 사랑만 골라 하지

나는 네 발로 뒤로 걷는 수수께끼
두 발로 거짓말을 즐기는
맑은 날은 깨금발로 금을 밟아
두꺼운 질서를 비웃곤 하지

나는 아무것도 포개고 싶지 않은 낮달
오래된 시계가 버린 그늘
잠자리 눈으로 뒤통수만 바라보는
새끼 고양이들을 자꾸만 죽이는

어제 자르다 만 귀가 있다

잘못 꾼 꿈을 바꾸려고 잠을 잔다
내 잠 속의 숲들은 푸른 등을 돌렸다

너는 전화선 너머로
아침이 어둡다고 빗소리를 낸다
비가 오는데 눈물이 나지 않니?

나는 눈물이 한방울도 나지 않아
썩은 물고기 떼가 뛰어오르는 꿈의 끝

벽지에서도 눈물이 새어나와

빗물이 우리를 평생 끌고 다녔다
어디까지가 빗물의 끝일까
고인 흙탕물 속으로 자꾸만 발이 빠지던 너

술 한잔만 먹게 해줘
철창 속에서 꺼내줘
바닥이 너무 차가워

두레박을 놓친 우물 속에는 인형의 눈알이 빠져 있었다

빗물보다 진한 눈물 뚝뚝 흘리며
벽장 안에 갇혀 울던 화평동 집으로 돌아가고 싶다고
세탁기통 속에서도 귀신들이 우글거리며 같이 가잔다고

눈물에는 사실 아무런 성분도 없다고 잠결에 말해버렸다
꿈을 또 바꾸려고
잘못 꾼 꿈속으로 잘린 귀를 접고 들어간다

나에게는 아직도 자르다 만 귀가 남아 있다

꽁치통조림

통조림 속에는 내가 많다
뼈와 살이 모두 흐물흐물 잘 절여져
이제 웬만한 일에도 썩지 않는

통조림 속에는 겨울이 가지 않는다
모가지가 달아나 표정이 없다
부패하지 않아 지루한
나를 벗어나는 것만큼이나 어려운 것이 생활이다
이 동그란 관 앞에서
나는 썩지도 않는 것들에 대해 생각한다

잘 조려낸 꽁치 한토막을 삼키면
등 푸른 꽁치가 싱싱하게 살아 돌아올 것만 같은
은빛 칼날 앞에서 살겠다고 팔딱거리며
가슴에 뚫린 구멍들 속으로 숨어 들어갈 것만 같은

이 슬픔 한통을 다 먹어치우면
내일 아침에는 정말 괜찮을 것이다

거울 속의 도마뱀

1

12월은

꼬리 자르고 도망가는

도마뱀 머리

2

나는 잘못 꾼 꿈을 돌돌 말아서

서랍 속에다 처박아놓고

깨진 거울 속으로 출근하지

3

뿔난 사장이

거울 밖으로 도마뱀을 던지는 아침

꼬리 잘린 사람들이 서로의 꼬리를 찾아 헤매는

4

초록빛 수저를 내미는 굽은 혓바닥들

잘린 손가락들

겨울이 가지 않는

얼음 공장

얼음 나라

5

매일 미끄러지지

같은 운명선이 그어진 발바닥들

6

절반은 웃고 절반은 울면서

도마뱀이 깨진 거울 속으로 돌아오고 있지

7

꼬리 잘린 공장 굴뚝 연기는 조금씩 죽어가는데

8

나는 거울 밖으로 뛰쳐나와

거울을 거꾸로 들지

9
거울 속에는 아무것도 없지
아무것도 있지

10
심장은 내일도 기침을 하지

11
다시 꼬리가 자라기 시작하는 나의 푸른 도마뱀

식물들의 사생활

모두가 꽃을 보기 위해 허공을 버틴다

호박꽃

저 여자
달동네 담벼락에 기대어
저토록 뜨겁게 웃는 걸 보니
무슨 슬픈 일이 있는가보다

사랑받지 못해도
여자는 배가 불러
둥근 아이들을 낳는다

난 꽃이 아니야
넓은 잎사귀로 얼굴을 가린
호박꽃

양귀비꽃

옥상에 숨어 피고 있었다

노을이 붉어지자
선홍빛 꽃잎을 크게 벌리고
노란 꽃술을 부르르 떨기 시작했다

주인 여자가 어미 개와 새끼를
양귀비꽃 앞에서 흘레붙였다
개줄이 심하게 흔들리다 조용해지자
축 늘어진 어린 수캐
그 옆에서 어미 개가 울고 있었다

얼음꽃

숭의동 집창촌 13호
선홍빛 유리문 안에
검은 속눈썹 붙인 얼음꽃들

핏기 가시지 않은
고통 몇십근

꽃방석 위에서
가늘게 떨고 있다

살얼음 낀 문이 열리자
흔들리는 저울 위에서
녹고 있는 꽃들

자목련

매 맞은 여자의 자줏빛 얼굴이
땅바닥에서 밟히고 있다
물거울처럼 너는 헛것! 헛것이었다고,

잠든 물고기처럼
모두가 눈을 뜨고
이 헛것인 세계를 겨우
보는 듯 안 보는 듯 그렇게 살아간다

바람이 여자의 얼굴에 금을 긋고 지나간다

종이꽃

신발에 꽃이 피었다

스물두켤레의 작업화에 꽃을 피워놓고
진혼굿을 한다
찢어지고 밑창이 다 떨어져나간
먼저 간 신발들에게

아직 살아 있는 신발들이

해바라기꽃들의 방문을 열자

꽃을 사면서부터 꽃을 잃어버렸다

작은 울타리가 무너진 깜깜한 돌 밑에
개미가 문패를 달자 개미집이 되었다
작지만 큰 방에는 이제 꿀이 없다
밥 때문에 싸우는 개미들
유리창 깨지는 소리
장롱 속에 들어가 몰래 흐느끼는 소리
텅 빈 집이 운다
일개미들이 우는 집을 끌고 다닌다

집 속에다 또 집을 짓다가 죽어간다

거인이 뚜벅뚜벅 걸어와
해바라기 목을 분지르자
해바라기가 기침을 한다
꽃잎들이 떨어지고
방들이, 찬장들이 모두 무너져내린다

꿈을 꾸려고
잠만 자는 여왕개미
잠 속에는 잠밖에 없다

그 숲의 해설가들

곤충들이 몸 밖으로 매단 창문들, 문짝들, 삐져나온 발가락들

흔들린다.

늪의 검은 눈동자와 함께

흔들린다.

제 울음을 자르며 가시연꽃 속으로 날아간 잠자리, 가시에 눈을 찔렸다. 눈 버리지 못해 젖은 날개를 버렸다. 흰비오리 발정 난 구름물고기 잡으려고 강물을 가르자 반짝이는 알들, 태어나기도 전에 태양이 삼켜버렸다. 창밖으로 다리를 놓아 공중으로 올라간 호랑거미, 나뭇잎 뒤에 숨어 집을 짓는다. 숲의 손금을 따라 여기저기 집과 골목을 들여놓는다. 어느날은 하얀 나비를 벽장 속에 가두고 먹어치웠다. 사랑 때문에 무덤이 된 집이, 가라앉는다.

늪의 창문들 하나둘 닫히자

파리지옥 속으로 끌려들어가는 나비들, 거미들
모가지가 뚝뚝 부러지면서도
어서 오세요

어서!

길병원 까페베네의 밤

까페 문이 열리자, 그림자들이 기차 연기 속으로 사라
졌다

이 거죽, 거죽을 버려야 해!

(테라스에서 사내가 허공에다 삿대질을 하고 있었다)

이곳에 배를 매달 거야!

(조명이 얼굴을 환하게 비추자 사내는 더욱 큰 소리로)

파도치는 바다를 들여놓고야 말겠어!

(까페 안에는 죽은 나무 반쪽이 벽에 간신히 붙어 종이
달을 매달고 있었다)

닻줄을 끌어올려! 가슴 밑바닥을 박박 긁어! 들어올려!

(사내는 힘차게 낚싯대를 던졌다)

어서 출항해야지! 물고기를 잡아올려야지!

(유리상자 안에 갇힌 사람들은 어딘가로 계속 전송되고 있었다)

까페 문이 닫히자, 은빛 물고기 한마리가 파도를 문 사내의 입속으로 들어갔다

길병원 앞 까페는 출렁이며 떠나가고 있었다

물고기여자

화면 속, 여자는 알몸으로
커다란 은쟁반 위에
물고기 흰 살점들과 함께 누워 있었다
양복 입은 백인 남자들이 글라스를 들고 지나가고

실비횟집 수족관 안의 물고기들은 언제 봐도
눈을 느리게 끔벅거린다
저 느린 속도로 보이는 것을 모두 믿을 눈

몇분 후, 회합을 위한 식탁 위에
그 느려터진 눈을 한 물고기
살점이 다 잘려나가고
앙상한 가시, 머리만 남아
죽지 않고 눈을 끔벅이고 있었다

한 남자가 피우던 담배를
물고기 입에 물리자 연기가 났다
싱싱한데, 어서들 먹자구!
또 다른 남자가 상추로 물고기 머리를 덮어버리고

살점을 탐하자
모두들 젓가락을 움직이기 시작했다

상추 밑에 물고기 눈동자 끔벅이는 소리
얇은 눈꺼풀 상추 잎에 쓸리는 소리
나는 들었을까

그 쟁반 위에 여자
반짝이는 샹들리에 따가운 불빛 아래 은빛 여자
검은 양복 입은 남자들이 먹기 시작했던
물고기여자

플라스틱 아일랜드

북태평양 인근 섬에서 죽은 새야
라이터는 뭐하려고 삼켰니?

그 섬에 가면 몸의 비늘들이 가득 쌓여 있대
잘게 쪼개진 플라스틱들
수십년 동안 밀리고 밀려 떠다니는 중
밀리고 밀려 우리 입속으로 들어오는 중

쓰나미가 휩쓸고 간 도시가
태평양 한가운데를 항해하는 중이래
아스팔트와 집과 자동차와 잘린 발이
거대한 섬이 되어 항해하는 중이래

나도 매일 딱딱한 플라스틱 거미를 삼킨다
허공에 걸린 나의 분신을 삼켜
매일 거미줄을 휘감고 둥둥 떠다닌단다

언젠가 공중에 섬 하나 만들어 들여놓았지
가장 안전한 섬이었지

플라스틱 줄을 타고 어디든 건너다닐 수 있는
그런데 너무 많은 세계를 건너다가
나를 증명해주던 아이디와 암호를 잃어버렸지 뭐야

쓰레기섬에 가면 찾을 수 있을까
나의 이름
둥둥 떠다니는 플라스틱 내 영혼
내 입속의 쓰레기들

사라진 문

그녀에게서 사라졌습니다

직장암 수술 받은 그녀가
기저귀 차고 옆방에 누워 있는 아침
어두운 방 안은 작은 무덤
염주알처럼 동그랗게 말려
그녀 이전으로 돌아가고 있습니다

몸 뒤척일 때마다 내장이 다 쏟아질 것 같다던
그녀에게서 항문이 사라졌습니다
끙, 하고 힘줄 생의 뒷문이
꽉 막혀버렸습니다

하수구에 뜨거운 물
함부로 버리지 말라고
작은 벌레 한마리도 세상에 오기 힘들다던
그녀에게서 사라진 문

나는 걸레 삶은 뜨거운 물을

도화동 94번지, 집의 항문에다 쏟아버립니다
벌레들의 얼굴, 등짐들, 지붕들 모두 녹아내려
생의 뒷문으로 버려집니다

모든 문을 열고 들어온 그녀가
모든 문으로 나가고 있습니다

버드나무그녀의 웃음

검은 호숫가에서 버드나무그녀가 흔들립니다

몇개의 강을 넘어왔는지도 모르는, 버드나무그녀가 본
것은 달이 아닙니다

잔치인 줄 알았는데 장례인
장례인 줄 알았는데 잔치인 생의 나뭇잎들

물고기떼처럼 매달려 반짝입니다

나뭇잎 한장 뒤집혀도 온 생애가 흔들리던, 버드나무그
녀가 본 것은 달 속의 달이 아닙니다

먼 나라 웃음치료사가 버드나무그녀의 웃음을 찾아주
었습니다
웃음을 찾은 버드나무그녀가 처음으로 웁니다 허리가
휘어지도록 검은 재를 뱉으며 웁니다
웃음이, 울음을 통과해 가지 밖으로 나왔습니다

검은 호수가 잠자는 달을 흔들어 깨웁니다 그녀가 본 것
은 달이 아닙니다

더 내려가라고 하는데 내려갈 곳이 없어

하늘로 올라가버렸습니다

장롱 속에는 별을 놓친 골목길이

장롱 속에는 곰팡이 핀 옷들이 산다
내 거죽이 아니면서 거죽인 옷가지들 차곡차곡 넣으면
서랍이 된 나무가 금방이라도 둥치를 일으켜 가지를 뻗
을 것만 같다

밤마다 곰팡이꽃은 내 옷을 입고 외출한다
덜컹거리는 마을버스를 타고, 열우물고개를 넘어
뭉게구름 사이를 지나, 별 위에 지도를 그리며 간다
곰팡이꽃을 퍼뜨리러 자박자박 길 위에다 또다른 길을
내며 간다

장롱 속에는 벌레들이 산다
옛 애인의 입술이 지나간 원피스를 핥으며
우두둑우두둑 빗방울 내리치는 가슴을 갉아 먹으며 벌
레들이 숨어 산다
기억의 서랍마다 알이 슬어 있다
새로 태어나는 시간을 죽이고, 물구나무서서 나뭇가지
를 잃기도 한다
대패질에 깎여나간 거죽들을 갉아 먹으며 벌레들이 숨

어 산다

　장롱 속에는 밤늦도록 쏘다니다 별을 놓친 골목길이 들
어와 있다
　아직 못 가본 길들과 잘못 걸었던 길들이 구겨진 채
　뒤틀린 종아리, 접힌 어깨가 가슴에 묻은 핏자국을 안고
있다
　처박아놓은 양말로는 발목이 삐는 길을 마저 갈 것이다

　언젠가 나처럼 폭삭 주저앉으면
　장롱에 새겨진 새떼와 구름도 모두 날아가고
　삭고 삭아 텅텅 비어갈 것이다

은하카바레

은하카바레 뒷문에서 아버지가 나왔다
나는 여인숙 난간에 기대어 책을 읽고 있었다
아버지는 슬픔을 달래느라
카바레에다 밤을 억지로 구겨넣었던 것

거미줄로 목을 감은 전봇대 불빛을
모으느라 눈이 캄캄해지는 밤
아버지는 불빛을 여기저기 붙이고 있었다
그 불빛에 찔려 오랫동안 아무것도 똑바로 쳐다볼 수 없
었다

백구두 소리가 부엌문을 열면
내 몸 어딘가 구멍이 숭숭 뚫려 쏟아질 것만 같아
나는 해바라기 씨앗처럼 불어나는
새까만 음악 속으로 자꾸만 숨어 들어갔다
그 속에는 슬픔을 북북 찢는 소리가 들리지 않았다
한계단 한계단 내려가면 깊은 연못이
연못 속에는 나와 얼굴이 같은 소녀들이 수장되어 있
었다

제 3 부

별로 슬프지 않은 날이었다

심장공장

심장공장은 갈대숲에 있다
나는 날마다 맨얼굴을 장롱 속에 숨기고
얼굴을 갈아입고 출근한다
빌딩 숲을 지나 공장 정문에 내려
심장을 깊숙이 숨긴다

작업 종이 울리면
나는 재빠르게 심장을 만든다
내 심장과는 다른 심장을 다듬고 또 다듬는다
두근거리는 나의 심장 소리 커질수록
나는 나를 모른 척한다
어제 살았던 주소와 얼굴 따위는 잊어버린다

공장에서 만든 심장들이 터질 듯 뛰지만
재빨리 포장해서 창고에 쌓아놓는다
야근하는 공장 굴뚝 위에 달이
갈대숲에 울리는 심장 소리를 엿듣고 있다

오늘은 내 심장과 내가 만든 심장을 구별할 수가 없다

작업반장이 말했다, 불량 심장은 모두 폐기해야 한다고
별로 슬프지도 않은 날이었다

마태수난곡

새로 온 공장장은
강물이 흐르는 물빛 천을 잘게 자르기 시작했다
천 짜는 일에만 일생을 바쳐온
일급 미싱사들에게 내던지며
어디서 이런 싸구려 천들을 가져왔냐며 몰아냈다
비싸게 수입한 싸구려 천으로
강물에 물고기 대신 백상어를 그려넣기 시작했다
흰수마자와 얼룩새코미꾸리 지나가는 여울목을
상어 이빨로 막아 이상한 무늬를 새겼다
물빛이 고왔던 천은
더이상 꽃잎을 띄울 수 없게 되었다

죽은 물고기 눈동자가 그려진 옷을 입은 그는
가끔 흑백 텔레비전에 나와 눈물도 훔쳤다
밤마다 물발톱피라미들이 보낸 두꺼운 편지를
불 속에 집어 던졌다
별불가사리가 하나둘 몸을 일으켜도
물고기들의 떼죽음과 먹장구름이 퍼진 검정 천을
자꾸만 사들이는 그는

이상한 무늬를 즐기는 그는

배꼽

그가 벗어놓은 허물 사이로
걸어들어오는 한 여자가 있다

여자는 컴컴한 골방에 구부리고 앉아
줄무늬 파자마를 만들거나
낡은 텔레비전 속으로 들어가
싸구려 슬픔에 전염되어 나온다
매일 밤, 어린 신부가 된다
아침이면 삼각팬티에 세제를 풀고
그의 허물을 푹푹 삶는다

나비춤을 추는 줄무늬 파자마가
햇볕에 바짝 마르는 시간에도
쿵쿵거리며 죽은 입들이 다녀가는
제삿날 아침에도
그는 여자의 늙은 배꼽 속에서 무럭무럭 자란다

나는 그를 다 가질 수는 없지만
그의 몸은 가질 수 있다

내가 조금씩 그를 빼앗아오는 동안
여자의 배꼽 아래는
물이 차기 시작했다

여자가 만지작거리던 그의 삼각팬티 속으로
나의 배꼽이
툭, 떨어진다

벽 속의 나무

벽지 위에서 나무가 흔들린다

벽은 나뭇가지들을 안고 흘러간다

언제부턴가 내 방 벽에는
검은 나무들이 살기 시작했다
밤마다 떨고 있는 검은 이파리들

(왜 나에게 옮겨놓았니?)

벽 속에도 길이 있다
나는 흘러가는 나무 그림자를 안고 눕지만
나무의 시간에 닿을 수가 없다

(꼭 그렇게 해야 했니?)

나무의 거울은 벽이다
새의 울음이 그쳐 있는
그림자를 바꾸는 나무는

내가 아직 한번도 가보지 못한 길이다

탁!
그가 스위치를 켜자
벽 속의 나무들이 모두 사라졌다

분홍 코끼리와 검은 나비들

철거를 기다리는 신혼집 다락방
검정 가방 안에 아버지 이름이 찍힌 내 청첩장
그 위에 아버지 조의금 봉투들 포개져 있다

조문하듯 엎드려 있는 봉투들
밤이 되면 나비가 되어
내 꿈속을 들락거린다
분홍 코끼리 어깨 위를 날아다닌다

분가루 날리는 새벽녘이면
아버지, 나비들과 함께 검정 가방 속으로 들어간다
잘못 꾼 꿈을 따라 코끼리 발자국이 이불 위를 지나간다

만신들의 몸인 집이 흔들린다
집인 몸들이 봉투 속으로 하나둘 들어간다
오래된 시간을 염하듯

내가 다락방에 봉하고 온 조문하던 지문들
매일 밤 검은 나비가 되어

이사 간 집 문고리에 앉아 열쇠를 만지작거린다

문을 열고 들어와
침대 위를 날아다닌다

나비 주파수

나비가 가자는 대로
꽃 속으로 들어갔다
무당벌레가 자꾸만 알은체한다

누구의 아이를 낳고 있는 거지?
벌레는 내 눈과 입술을 닮았다

나비의 주파수를 따라가면
거기,

자선약국
만화로다방
화평세탁소
양키시장
국일관
동인천 장례식장
그리고 부평 화장터
녹아내리는 팔, 다리, 눈동자, 심장을 담았던 집
화구 문을 열면

찢어진 자궁의 입술

다시,
태어나는 나비 화석들

내비게이션을 끄자
빗물이 주르륵 흘러내렸다

내 얼굴에 고양이 발자국 여럿,

고양이에게는
고양이 이전의 얼굴이 있다.
내가 아직 태어나기도 전에
내 얼굴이 세상에 미리 와 있던 것처럼,

녹슨 철대문집. 루핑 지붕 사이로 뚫린 하늘을 구름이
뭉개고 지나간다. 우물마루 밑에는 도둑고양이들이 숨어
살았다. 어른들은 우물마루 위에 구름처럼 모였다 흩어졌
다. 고양이를 삶아 먹고 병이 나았다는 주인 할머니 마작
하다 쓰러진 날. 검정 줄무늬 도둑고양이를 죽였다. 내 작
은 발로 마루를 한번 쿵! 하고 쳐서 겁만 주었을 뿐인데.
  하굣길, 집 앞 쓰레기통 속에서 축 늘어진 네다리. 길이
사라졌다. 감지 못하는 두 눈동자 속에서 내가 미리 지불
해야 할 재앙의 깊은 웅덩이를 보았다. 고양이 눈동자 속
에 담긴 땅거미가 내 눈동자 속으로 저물던 그날부터, 내
얼굴에 살기 시작한 검은 도둑고양이 한마리

나를 미리 산 아버지
그늘진 내 얼굴에

고양이 발자국 여럿,
옮겨놓고 사라졌다.

공가(空家)

함부로 꽃이 피고 있었다

낡은 철문에 붉은 글씨,
공가(空家)

버리고 간 집들이 도시를 이룬
가정오거리 재개발지구 루원씨티

어서 오십시오 장터할인마트 팻말에도
위험 접근 금지 써 붙인 낚시집 썬팅에도
목련왕대폿집과 정아호프 부서진 문에도
책임 중개 새시대부동산 건물에도, 있었다
꽃나라유치원 구름다리 앞
개나리 이마 으깨어진 노란 줄이 쳐졌다

안전망에 갇힌 빌딩
깨진 유리창 안에서 굶주린 개들이 서로를 물어뜯고
비전축복교회 뒷마당에서는 부러진 의자가 못을 버렸다
드림빌라 사람들 모두 사라졌는데

붉은 글씨, 전체공가(全體空家)

방범 초소도 불을 끄고 웅크린 채 벌벌 떨고 있는데
뾰족구두가 허물어진 집을 찾아 다급하게 걸어간다
담쟁이들 손 꼭 잡고
녹슨 첨탑 십자가 위로
버림받기 위해
올라가고 있었다

남광 자망 닻 전문

화수부두로 47번가에서, 길이
끊겼다

공장 안에 갇힌 바다
커다란 철문 안에 선박이 줄에 묶인 채 녹슬어가고
갈매기들이 공장 굴뚝 연기를 지우다가
폐수 흐르는 검은 바다에 내려앉아 물고기를 찾고 있
었다

찾아도 찾을 수가 없는 것들 때문에
어쩔 수 없이 세상에 대고 문을 두드릴 때가 있다

문 닫은 상점 앞에
아귀를 들고 누군가 서 있다
백발노인이 도마 위에 내려놓고 배를 가르자
내장과 함께 황새기, 임연수, 새우깡 봉지가 쏟아져나
왔다

물고기들이 헤엄쳐 지나온 길이

바다의 수심을 내리치는
도마 위에서 끝이 났다

'남광 자망 닻 전문' 간판 아래,
오후가 오후를 지우며 느리게 걸어간다
붉은 닻들 서로 엉겨붙어 더이상 가지 못하는데,
소라 껍데기를 매단 그물들이 바다를 찾고 있는데,

물고기들의 눈이 서서히 닫히는 화수부두

길은 어디까지가
길인가

천국수선집 찾아가는 길

바바리코트를 수선하러 천국수선집 찾아간다
분명 옛 수문통시장 건너편 길이었는데
굴다리 밑 도로 공사 중인 곳을 몇번이나 돌고 돌아도
없다
한 블록 지나자 간판 글씨가 희미하게 지워진 수선집이
보였다
늙은 수선공은 귀에 보청기를 끼고 있었다

──여기까지 줄일 건데, 시간이 얼마나 걸리나요?
──나 성당에 가서 창문을 다림질할 거야
──네? 뭐라구요?
──너도 미사에 오면 새것처럼 수선해줄게

수선집 벽에 걸린 옷 속에서 삐져나온 하얀 날개들이 춤
을 추기 시작했다
벌레처럼 보였다

흰 초크가 바바리코트 위를 삐뚤빼뚤 지나갔다
작업대 위 다리미는 안개를 내뿜다가 뜨겁게 앉아서 창

밖을 골몰했다
　늙은 수선공은 어깨와 궁둥이를 자르다가
　재봉틀에 기름을 치고 노루발을 만지기 시작했다
　나는 수선공이 성당에 가서 어떤 것을 수선해올지 궁금
해졌다
　안개가 머릿속으로 몰려왔다

　고친 바바리코트를 입고 굴다리 밑을 또 돌아 가는데
　이름도 수상한 천국수선집이 여전히 없다
　늙은 수선공이 수선한 호주머니 속은
　천으로 덧댄 어둠만 기다릴 뿐

　그 수선집이 사라진 천국수선집인지
　원래 없던 수선집인지 점점 더 알 수 없는

　저녁이 또 지나가고 있었다

막간극

1

주안행 급행 전철 문이 열리자 앵벌이 소녀가 들어온다
뒤쫓아오던 햇빛이 바닥에 카펫처럼 깔리자
껌을 들고 무대에 올라선다
(소녀의 배가 부르다)

껌장수 배역을 맡은 앵벌이 소녀
짧은 독백이 끝나자
관객들은 하나둘 졸기 시작한다
소녀는 관객들 무릎 위에 껌을 올려놓고
무대 뒤로 사라진다

(막간) 맹인 부부가 지팡이보다
하나님을 더 의지하며
찬송가처럼 흔들리며
다음 막을 향해 더듬더듬 지나간다

2

앵벌이 소녀가 햇빛 가면을 쓰고 다시 나타난다
껌 값을 받으러 다가가자 졸고 있는 관객들
실눈을 뜨고 소녀의 뒷모습만 잡아당긴다
(뒤뚱거리며 소녀가 햇빛을 바닥에 내려놓고 퇴장한다)

햇빛이 넝쿨식물처럼 올라와 관객들의 얼굴을 칭칭 감
는다
껌처럼 질긴 얼굴 위의 얼굴과 발바닥이 섞이는 전철
손금처럼 서로 연결된 노선이
막다른 막으로 질주한다
(고무다리를 끌며 앉은뱅이 껌장수가 등장한다)

위험한 천국

  하늘에는 붉은 섬을 가진 집들이, 구름 계단들이 건설
중입니다
  도래할 마을 어귀에서 당신의 손은 가느다랗게 흔들립
니다
  물감 묻은 입술이 별을 삼킨 곳
  지옥이 천국을 수선하다가 바늘을 놓친 곳
  열리면 바로 닫히는 곳

  무심코* 당신은 빗속을 걷고, 사랑을 하고, 아이를 낳고
  무심코 당신은 웃고 있는데 눈물이 흐르고
  거리는 바다가 되고, 침몰이 되고, 침묵이 되고
  배냇저고리는 수의가 되고
  기억은 혓바닥을 지나
  등줄기를 지나 호수를 달리는 기차가 됩니다

  당신 안의 늑대들이 숲속을 달리다가 빌딩이 되고 달이
됩니다
  구애 중인 공작새들 꽁지에 불을 붙입니다
  다리가 세개인 의자에 앉아 즐거운 생활**이라고 노래

합니다

극장에서 혼자 울다가 발가락까지 젖은 여자
찬송가를 부르며 온종일 거리를 걷는 남자
아직 덜 마른 시멘트 바닥에 앉은 새
말을 받는 대신에 끝없는 이중나선형 동그라미***를 그
리는 손
무심코 귀가 바람에 잘려나가듯
비명은 서랍 속으로, 서서히, 닫힙니다

물감 묻은 손이 하늘을 다 지웁니다
다시 위험한 낙원****을 그립니다
무심코 길을 가고 있는데 길이 사라집니다

* 미술전시회 '무심코'(배미정 최선희 2인전, 대안예술공간 이포,
  2015).
** 배미정 「즐거운 생활」.
*** 배미정 「말을 받는 대신에 끝없는 이중나선형 동그라미를 받
    았다」.
**** 최선희 「위험한 낙원」.

겨울의 감정

당신이 오기로 한 골목마다
폭설로 길이 가로막혔다
딱 한번 당신에게
반짝이는 눈의 영혼을 주고 싶었다
가슴 찔리는 얼음의 영혼도 함께 주고 싶었다
그 얼음의 뾰쪽한 끝으로 내가 먼저 찔리고 싶었다

눈물도 얼어버리게 할 수 있는
웃음도 얼어버리게 할 수 있는
겨울이라는 감정
당신이라는 기묘한 감정

눈이 내린다
당신의 눈 속으로
눈이 내리다 사라진다

당신 속으로 들어간 눈
그 눈을 사랑했다
한때 열렬히

사랑하다 부서져 흰 가루가 될 때까지
당신 속의 나를 사랑했다

그러나 오늘 다시 첫눈이 내리고
눈처럼 사라진
당신의 심장

내 속에서 다시 뛰기 시작한다

영원전파사

고장난 라디오에서 빗물 소리가 난다

문 닫은 영원전파사, 나비 한마리가
유리문에 앉아 날개를 펼친다
수만년 전의 별들이 깜박깜박 쏟아져내리는데
나비는 천둥소리를 훔쳐 달아나다가 박제가 된다
꽃에게서 수집한 시간도 멈춰버린다

영원전파사 문 앞에 구름들이 몰려와 서성거린다
곧 철거가 시작될 거라고,
전파사 주인은 바람난 아내를 찾아
안개구름을 따라나선다
발목이 삐면서도 바람은 상처 때문에 더 멀리 달아난다

고장난 라디오가 나비의 주파수를 찾아
멀리서 지지직거리고 있다

우기
제물포역

한낮의 폭우가 쏟아지는
낡은 역사(驛舍) 안

  빨간 하이힐들이 계단 너머 개찰구로 사라지자, 건반을 두드리듯 고음을 내며 다시 하이힐들이 내려온다. 둔탁한 저음으로 계단 건반을 밟는 넓적한 구두코. 두세계단씩 음을 건너뛰며 내려오는 짝짝이 슬리퍼. 멀리 나갔다 와서 너덜너덜해진 검정 구두. 밑창이 닳아 발가락이 보이는 운동화가 검은 건반을 밟으며 미끄러지듯 내려온다. 휠체어에 실려 내려오는 볼이 넓은 구두는 언제나 무반주다. 플랫폼 끝에서 겨울 외투를 입은 맨발이 걸어온다. 축축한 바닥의 빗물이 물고기처럼 튄다. 맨발은 발가락 사이에다 파도 소리를 숨기고 걷고 또 걷는다. 굉음을 내며 도착한 기차가 신발들을 가득 싣고 떠난다.

  비에 젖어 무거워진 신발들이 돌아오는 저녁
지루한 우기가 시작되고 있었다.

환상통

그따위 사랑 때문이었다

모래알 씹히던 늦은 아침은 생선 가시에도 자꾸만 찔렸다
가끔 나타나던 아버지는 지붕이 조금씩 새는 줄도 모르고
납작하게 숨은 엄마 그림자를 찾아내어 질질 끌고 다녔다

삐거덕거리던 우물마루를 지나 부엌을 휩쓸던 장마는
번개가 드나들던 가계부처럼 거짓말을 잘했다

주홍 대문집 혼혈 아이가 세던 숫자는
알 수 없는 이중문자가 되어
개천에 빠지고 있었지만
아무도 아무에게 관심이 없었다

누군가 밤이면 동네를 빠져나가 돌아오지 않았다
우리도 아버지를 잘라내려고

이 동네, 저 동네 숨바꼭질했지만
머리카락을 종종 들켜버렸다

장마가 흰 발꿈치를 보이며 동네를 빠져나가자
엄마 머리카락이 보이지 않았다
억지로 밀린 삶을 살아야 했다

내 오랜 주문(呪文)이 서서히 풀리자
아버지는
세상에서 잘려나갔다

탁! 탁!

마을버스에서 내린
맹인 소녀의 지팡이가 허공을 찌르자
멀리, 섬에서 점자를 읽고 있던 소년의 눈이
갑자기 따가워지기 시작한다

도다리가 잠든 횟집 앞
무거운 책가방을 든 소녀가 휘청거리며 지나간다
오른손에 움켜쥔 지팡이가 갈라진 보도블록을
탁! 탁! 칠 때마다 땅속 벌레들의 고막이 터진다

허공 어딘가 통점을 꾹. 꾹. 찌르며
헛발 딛는 소녀의 종아리가 되어
집을 찾아가는 지팡이

무수한 길들이
종아리 속에 뻗어 있다

제 4 부

바뀐 주소로 누군가 자꾸만 편지를 보낸다

어떤 대화 1

K형이 오늘 달빛이 푸르다고 했다
C언니는 달빛은 항상 푸르다고 했다
H는 달빛이 꼭 푸른 것만도 아니라고 했다
나는 푸른 건 달빛만도 아니라고 했다
그래서 우리는 헤어졌다

해가 핏물을 다 빼먹고
달의 어둠 가운데로 이동하는 중이었다

그날 우리는 모두 같은 말을 하고 있었다

어떤 대화 2

머루농부님 다 드셨어요?
우울증 앓고 있는 바다나비님이 쪽지를 보냈어요
쓸쓸해서 치약을 한통 다 먹었대요
검은새의날개님은 며칠째 소식이 없어요
도마뱀꼬리님이 달앵무새님과 찾고 있는데 아직도 못
찾았대요
더 먼 바다로 가야 하나봐요
겨울천사님은 버스를 타고 가다가 불심검문을 당했대요
우주비행사님 집으로는 출석요구서가 날아들었고요
앉은뱅이책상님은 빗방울새님과 함께 광장에서 비밀문
서처럼 사라졌대요
이십일세기종이새님에게 어제 꾼 꿈을 팔아먹었더니
별들의 그림자가 모두 구겨졌어요

꽃잎이 천둥 치던 봄을 잃고
지금은 희망을 구걸하러 다니는
우리는 모두 벼락 맞아 꼬리까지 타버린 새
닫힌 유리문 속으로 뛰어들다 머리가 으깨진 새
천사를 만나러 간다고 눈을 놓고 사라진 새

노란 주둥이

병마가 마을 농장을 덮치자
집오리들
뜬 눈으로 흙구덩이에 파묻혔다

포대에 가득 담긴
죽은 오리들
덤프트럭에 실려 막 떠나려는데,

새끼 오리 한마리가
찢어진 자루 밖으로
노란 주둥이를 불쑥, 내밀었다

농장 앞, 흔들리던 강아지풀들
길을 막아서다가
커다란 바퀴 밑에 깔렸다

뭉개진 하늘이
아직 웅덩이에 조금 떠 있다

한국어 수업 시간

아야어여
가갸거겨

한국어를 처음 배우는
중국 아이들 입속에
내 목소리가 고여 있다

"나는 한국 사람입니다"
"당신은 어느 나라 사람입니까?"

국지성 호우가 지나가는 건물과 건물 사이에서
나는 한국에 두고 온 한 남자를 생각했다
절반은 젖고
절반은 마른
내 얼굴 같은 이 호우가 계속되어도 어쩔 수는 없을 것
이다
나는 한국어를 가르쳐야 하고 한국을 사랑해야만 한다

남경의 연못을 매일 밤 지나며

빠져 죽은 여자를 생각했다
하늘은 늘 저수지를 품고 있다
나에게 돌아가지 못할 나라가 있는가?
연못이 있는가?

국화꽃이 이름에도 한껏 피어 있는 아이가 들어오는
한글 자모 수업이 끝나면 묻는

"당신은 어느 나라 사람입니까?"
"당신은 한국 사람입니까?"

요즘 하늘도 철거하려는 당신에게 가장 묻고 싶은 말
"당신은 어느 나라 사람입니까?"

걀걀걀
곌곌곌
개구리에게나 가르칠 한국어 수업 시간

"당신은 한국 사람입니까?"

“아니오”

당신은 정말 어느 나라 사람입니까!

지구본

네모난 갈색 식탁에서 그대와 나
매일 아침 여행을 떠난다

지구를 끌어당겨,
오늘은 어디로 날아갈까?
티베트가 좋겠다
나는 돌아오지 않을 거야
망명한 구름을 꼭 수집하고야 말겠어

그대가 지구를 반대쪽으로 끌어당기며,
나도 떠날 거야!
루브르미술관이 좋겠어
고흐와 고갱을 만나서 자화상을 그리겠어

그대의 입속에서 갑자기 코끼리가 튀어나왔다
나는 그대가 먹다 남긴 코끼리 왼쪽 눈 하나를
유리병 속에다 집어넣었다
갑자기 슬래브 지붕을 뚫고 우박이 쏟아졌다

나는 식탁보를 갈고, 우박을 치워버렸다

우리는 후식으로 티티섬 한가운데를 숟가락으로 떠먹
었다
각자의 나라를 지구본 위에 다시 그려넣었다
그러고는
각자의 방으로 들어가 문을 걸어 잠갔다

지구가 삐거덕거리기 시작했다

대나무숲

이국에 세 들어 사는
내 방 앞 대나무숲
작디작은 대나무숲이
새들에게 세를 내주었는지
저녁참 먹고 새들이 회의하는 소리
반쯤 타버린 노을 한 자락 내려놓고
겨울 준비들 하나 새소리 분분하다

저 이파리들도 모두 제 노래가 있어
저리 흔들리면서도 서로 다른 얼굴인데

오늘 중국 아이들 출석을 부르다가
풍결이라는 아이는 풍결 같고
우혜라는 아이는 우혜 같고
한총총이라는 아이는 정말 한총총같이 생겼다는 생각
이국의 풍경이 고스란히 얼굴에 있어
소나무와 하늘도 담겨 있고
연못도 두개나 있어
내가 들어갈 수도 있고, 또 없고

국령화라는 아이는 국화꽃을 피워놓고
저만치 흔들리다가
한국어 수업 시간으로 돌아온다

장대 같은 아이들 속에 파묻혀
대나무숲을 걸어들어갔다
새들이 일제히 날아가버렸다

다시 대나무는 흔들리다가
문을 열고 사라지기도 할 것이다

귓속에 쥐가

남경 야시장 앞,
깨진 보도블록 위에 쥐 한마리
모로 누워 잠을 자듯 죽어간다

아버진 쥐색 양말을 좋아했다
늦은 아침 구멍 난 양말을 신고
동인천 시계탑 분침을 쫓아다니다가
해가 넘어지면 쥐의 소굴로 귀가했다
검은 숯으로 제 가슴만 문지르던 사람들은
돌멩이를 쥐고도 세상을 향해 던지지 못했다
제 발등만 세차게 내리쳤다

고양이도 잠들면서 꿈을 바꾸는 시간
쥐는 거리의 모든 소란을 빨아들이고
와불로 누워 있다
홀로 누운 고요의 털 위로
뭇별들이 조문 중이다

아버지 죽고, 어느 밤은

집에 생쥐가 들어와 끈끈이를 놓았다
발바닥이 달라붙어 애원하는, 쥐의
처량한 눈빛 위에
빨간 대야를 씌워버렸다

그런데
자꾸만 내 귓속을 들락거리는
아버지 울음소리
쥐 오줌같이 축축하던,

빨간 돼지들이 돌아오는 밤

자정이 훨씬 넘은 시각
아무리 다급하게 두드려도
자선약국 문은 굳게 닫혀 있었다

열두 발가락을 숨긴 뾰족구두
빗물에 벗겨졌다

"머리에 누가 총을 겨눈 것 같아"

빗물이 하늘을 헹구고 지나갔다

"더 독한 약을 사다줘"

구두를 잃어버린 이모들
빨간 아기들을 지우고
밤마다
돼지들을 낳고
또 낳았다

사계절이 있는 호이안 인도 식당

남베트남에서 인도 카레를 먹고
한국어로 꿈을 꾼다
오끼나와의 마따요시 작품을 읽지 않아도
슬픈
그런 아침
다국적으로 숨 쉬는 영혼들이 문 닫은 상점 앞에서 흔들
린다
흘러간다 멀리 그리고 가깝게 검정 비닐봉지들과 함께

호찌민과 간디의 사진이 걸려 있는 식당
한겹의 옷은
한겹의 언어
계절을 탓하고
커리와 쌀국수와 김치 그리고
비 온 뒤의 구름 같은 빵

호이안, 빠리, 오끼나와, 인천

점점 저물어가는 국기

태양은 반도에서 외롭게 빛나고
구름은 안개를 가져간다
북베트남처럼 아픈 하늘이 우리에게도 있다

먼지는 흩날리는 낙엽을 감춘다
큰 짐을 지고 가는 새가
결혼하러 꽁지를 들고 간다
나의 목단나무는 오늘 베어졌다
자전거 뒤에 싣고 가는 파파야와 바게뜨는
구름과 햇빛이 만들었다
웃음을, 웃음 뒤에 분노를
비의 노래를
커피와 땅콩을
너는 어디에 있니?

망치를 들고 망아지가 올 것 같은,
타는 햇빛의 굴레
뱀의 목은 가늘고
당나귀의 귀에는 바람이 분다

꽃을 버리자
마취된 비명들이 벽장을 뚫고 나오기 전에
더럽혀진 옷을 버리고
구름아
비행기야 가지 마라
금 간 항아리에 붉은 하늘을 담고
아직 가본 적 없는 지도에 기름을 붓고

삼백다섯개의 그림자를 밟고 지나가는

가자지구에 연일 폭탄이 떨어지고
아이들은 죽은 엄마의 배 속에서 태어난다

나라에 슬픔이 클 때
대통령은 언제나 해외 순방 중이고
수잠 자는 마을마다 흉흉한 소문이 질병처럼 번질 때
대통령은 겨울에도 여름휴가 중이다
의원들은 마른번개를 베고 자면서 회의한다
회의하면서 잠을 잔다

삼백다섯번째 죽은 아이가 엄마 품으로 돌아온
오늘은 기쁜 생일날
자궁이 다시 열리고 아이가 새로 태어난 날

새들의 날개에 불을 붙인다
불이 붙은 새들은 더이상 날지 못한다
죽은 새를 하늘에 던지며
개미의 긴 장례 행렬을 따라가는 혁명가의 붉은 눈

가스실에서 죽은 유대인들이 지나간다
붉은 화약고가 거꾸로 날아간다
아이들은 태어나기도 전에 검게 타 죽는다
죽어서도 매일 또 죽는다

서둘러 무기를 파는 하나님
팔레스타인의 하나님과 이스라엘의 하나님이 서로 달라
하늘에는 붉은 화약 냄새
심장이 타는 냄새

사월(死月),
대지와 바다의 열쇠를 훔쳐간

거대한 관이 인양되는 먼 시간에도
수선공장 재봉틀은 계속 돌아가고
그림자들이 폐수처럼 흘러간다
한집 건너 한집, 돌아오지 않는 아이들
덜거덕거리는 찬장 위 그릇들이 말을 하기 시작한다

오직 수천년 동안 부르튼 입과 입들을 틀어막기 위해
누군가 하늘이라는 단어를 만들었나
그 많은 귓속에 못을 박기 위해 열쇠를 훔쳤나
눈 속에서 해바라기를 빼가기 위해 해를 숨겼나

봉인된 탈출구
서류를 감춘 바람
절대시계의 시간 속으로 사라진 아이들
수십억 눈 속으로 배는 아직도 침몰 중이다

죽음을 담지 못하는 관은 가장 멀리 있는 진실
아이들의 아직 태어나지 않은 먼 아이들과 함께 실종 중
이다

우산을 거꾸로 쓴 박쥐들이 빨간 구름을 모으는 저녁
별들도 두려워 눈을 질끈 감는다
아이들의 젖은 그림자를 훔쳐간 사월이 가지 않는다

마비

새 우의를 입은 국화
검문은 다시 시작되었다

바다의 계단을 자르는
지옥의 물풀 소리들

전깃줄에 매달린 빗방울들이 감전되는 시간
거짓말이 새나가지 않게
기관원들은 벽장을 수리한다

바람이 울다가 장벽을 긁는다
일찍 절명한 새들처럼 울다가 검은 빗물이 된다

수장된 시계가 퉁퉁 붇고
교과서는 찢어지고
아이들의 입은 서랍 속에 갇혔다

못을 삼킨 바다가 멀리 갔다
다시 돌아오고 있다

마비된 얼굴들과 함께

망루와 폭풍

보지 못하는 말들이
망루 위를 서성거려요
옥상에는 일손을 놓친
장갑들이 날아다녀요

아무것도 보지 못해요
고여 있는 우리는
갇혀 있는 우리는

침묵하는 책들이 불타는 방
검은 아이를 낳다가 죽은 잉크들

우리는 만난 적은 없지만
찬물에 폭풍을 가라앉히며
우리는 사랑한 적은 없지만
입술에 묻은 빗물 자국을 지우며

거울을 버려요
깨진 말들을 버려요

망루 위에는 아직 깃발이 있어요

콜타르가 흐르는 사거리에 죽은 아이들이 있어요

물의 마을들

붉은 달이 전선에 걸렸다
목을 맨 나무들
기차 위로 휙휙 지나가고
마지막 우편이 평은역에 도착한다
모래가 빠져나간 강바닥이
덤프트럭 바퀴 속으로 끌려들어간다

무섬마을이 점점 가라앉고 있다

벼랑이 된 산의 옆얼굴을 긁어내리고
새들을 내쫓고
지붕을 부수고
오는 봄을 다 내다 버리는 포클레인
한 손에는 지진, 한 손에는 홍수를 일으키던 구름 신들

소낙비 내리는 여승의 천막은 작은 신전
흰목물떼새 한마리 날아들어와 비를 피한다
상한 여름, 고압선이 사과밭을 지나가고
물속의 집들은 곧 감전될 것이다

묵납자루, 말조개들의 비명이 얼어붙은 강
먹황새 한마리 찾아와 탁발하는 강

기둥만 남은 집에서 빼낸 못들은 벽을 잃었다
따듯한 옷이 걸린 등을 잃었다

술미마을을 지나간 거대한 바퀴 자국들
길을 길 밖으로 밀어낸다
산 그림자도 함께 죽어간다

레드 멜랑콜리아

파도의 입속에는
커다란 증기기관차
실려가는 사람들

우리는 염소처럼 울고
말처럼 달렸지만
흩어진 구름 아래
늘 제자리였다

혁명을 말하던 책상들
금세 더러워졌다
햇빛 속으로 망명한 자들
축축한 그림자들을
결국 버렸다

빼앗긴 입들
검은 구름 속에서 지워진다
훔친 빨강 외투를 입고
아무 데나 도착하는

유 령
벌
레
들

날짜변경선

바뀐 주소로 누군가 자꾸만 편지를 보낸다

이 나라에는 벌써 가을이 돌아서버렸다
매일 날짜 하나씩 까먹고도 지구가 돌아간다
돌고 돌아서 내가 나에게 다시 도착한다

지금 광장에서 춤추는 소녀는 어제 왔지만
나는 내일 소녀를 만날 것이다
만년 전 달려오던 별빛이 내 머리 위를 통과해갔다
그래서 오늘은 너와 헤어졌다

검은 재를 뒤집어쓰고
우리는 매일 무릎이 까진다

나에게 도착한 미래가
어제 아프다고 전화를 했다

그래,
이제 이 나라에서 입력한 날짜들을 모두 변경하기로

하자
　휙휙, 나무들이 날아가고
　섬들이 날아가고, 낙엽이 빗방울처럼 날아가고
　날아가고, 날아가는 것들
　뒤바뀐 날짜를 버리기로 하자
　버리고 버려서
　가슴속엔 새로운 정부를
　모든 경계선을 지워가며

회송열차

복사꽃이 피고 지는 그사이
관 하나가 화구 속으로 사라졌다
관 둘
관 셋
관 넷

......

그리고
흰 뼛가루가 날리듯
흰 눈이 또 내리고 녹는 그사이
관 열넷이 화구 속에서
다른 하늘로 이송되었다

신문 위로 열차가 지나갔다

조등(弔燈)

내가 머뭇거리는 동안
꽃은 시들고
나비는 죽었다

내가 인생의 꽃등 하나 달려고
바삐 길을 가는 동안
사람들은 떠났고
돌아오지 않았다

먼저 사랑한 순서대로
지는 꽃잎
나는 조등을 달까부다

조등(弔燈), 막간극을 내걸다

최현식

　이설야 시인의 인천 '화평동' 이야기를 엿듣던 중 왜 내 고향 '시거리'의 그이들이 문득 떠올랐을까요? 둘 다 나보다 서너살 위였던, 폐병 걸려 각혈을 한다던 옆집 '영○' 누이와 지능이 모자라 '시절'('바보'를 뜻함)이라 불리며 꼬맹이들의 놀림감으로 떠돌던 '진○' 형. 국민학교 겨우 마친 후 제사(製絲) 공장에서 얻은 병이라고, 때 이른 출산으로 제대로 치료받지 못한 탓이라고, "시궁창 속으로 미끄러지던 손"(「수문통 언니들」)이 힘세던 1970년대 산업화 시절의 슬픈 풍문이라지요. 그러게요. "동일방직에 다니던 그애"가 "성냥팔이 소녀"가 되어 "피 한방울 흘리지 않고/면도날을 나눠 씹"은 뒤 "동인천 일번지다방"으로 흘러들고, 어느날은 '그애'와 '팔짱을 끼고 갔'던 "검은 신사복"이 "백마라사 상표를 매단 하얀 양복"으로 성장(盛裝)한 "점점 더 거칠어"지는 '아버지'로 등장하는 "위험한 천국"

은 우리들 모두의 '집안일'이었답니다.*

궁벽한 농촌 시거리와 산업도시의 화평동이 "강물에 물
고기 대신 백상어를 그려넣기 시작"하자마자 앞서거니 뒤
서거니 "물고기들의 떼죽음과 먹장구름이 퍼진 검정 천"
(「마태수난곡」)으로 흐르기 시작한 것은 그래서 하등 이상
할 게 없는 일이었지요.

『우리는 좀더 어두워지기로 했네』, 이설야 시인의 첫 시
집입니다. "이십일세기종이새님에게 어제 꾼 꿈을 팔아
먹"고 "우주비행사님 집으로는 출석요구서가 날아"(「어떤
대화 2」)드는 첨단문명의 시대에 저 산업화 시대의 "공가
(空家)"(「공가(空家)」), 아니 "천국수선집"(「천국수선집 찾아가
는 길」)의 아픔과 슬픔을 다시 회억하는 일은 어쩐지 먹먹
함을 넘어 징글맞기조차 합니다. 염려컨대, 뼈저린 현실의
눅눅한 물기가 까닭 없이 풍화되고 말라비틀어진 과거로
의 귀환은 또 그러할 현재에 몸을 기댈 미래조차 자칫 자
동화할 위험성이 있습니다. 요컨대 위안의 감상(感傷)을
넘어 주체의 상흔을 더욱 덧내는 시간 소유법일 수 있다는
뜻이지요.

그러나 걱정 마시길. "더이상 키가 자라지 않"(「눈 내리는,
양키시장」)도록 강제한 저 산업화 시대를 향해 되뇌는 자아

---

* 차례로 「동일방직에 다니던 그애는」 「성냥팔이 소녀가 마지막 성냥
을 그었을 때」 「수문통 언니들」 「동일방직에 다니던 그애는」 「백마
라사(白馬羅絲)」 「아버지 별명은 생쥐」 「위험한 천국」에서 가져왔다.

의 "우리는 좀더 어두워지기로 했네"(「동일방직에 다니던 그 애는」)라는 고백, 아니 선언은 그 막무가내의 감상과 상흔을 지혜롭게 다스리며, 드디어는 내면의 어둠을 삶의 온기와 미래의 동력으로 갱신하겠다는 성숙한 발화이자 실천의 욕망이니까요.

그러니 이 지점에서 벤야민이 말한바 '이야기꾼'의 가치와 역할을 잠깐 떠올려보는 것도 괜찮겠습니다. 벤야민의 '이야기꾼'은 근대소설 탄생 이전의 '스토리텔러'에 가깝지요. 근대 소설가는 주체 고유의 내면 심리와 서사를 추적하고, 그것을 세계장(場)에 투사하고 구축하는 것을 목적합니다. 이에 반해 '이야기꾼'은 역사 이래 어떤 공동체를 감싸고 이끄는 특유의 아우라와 리듬을 그 집단 및 구성원의 삶의 지혜와 방법으로 전달하고 가치화하는 데 더욱 힘씁니다. 벤야민이 '이야기꾼'을 공동체의 역사와 삶을 담고 보존할 도자기에 누구의 것으로도 대체 불가한 생명의 손자국을 남기는 자로 명명한 까닭이 여기 있지요.

이설야 시인은 저 화평동의 궁핍한 존재들을 "못 자국 같은 생(生)의 숨구멍들"(「못, 자국」)이라 불렀습니다. 과연 『우리는 좀더 어두워지기로 했네』는 서글픈 '못 자국'들에 대한 냉철한 관찰과 푸근한 묘사들로 분주합니다. 하지만 문제는 그들의 삶과 운명이 '과거의 사실'이기도 하거니와 지금도 속속들이 당신과 나의 삶을 장악 중인 현재 진행형이라는 사실입니다. 아, 그렇다고 시인의 발화가 더욱 당당하게 부조리한 '지금-여기'의 폭로와 고발로 강퍅하다고 서둘러 짐작하지는 맙시다. 시인은 오히려 우리들 삶이 의탁된 "쓰레기섬"이야말로 "나의 이름/둥둥 떠다니는 플라스틱 내 영혼/내 입속의 쓰레기들"(「플라스틱 아일랜드」)을 집요하게 파헤쳐 존재와 삶의 근기(根氣)로 재가치화할 수 있는 '진정한 장소'라는 것을 아름답고도 뜨겁게 조곤조곤 역설 중이니까요.

『우리는 좀더 어두워지기로 했네』를 아우르고 구성하는 시간의 서사를 맥락화하라면, "나비의 주파수를 따라가면"―"화구 문을 열면/찢어진 자궁의 입술"―"다시,/태어나는 나비 화석들" 정도가 될 듯합니다. 시적 자아의 변신이라 해도 좋을 '나비'의 '주파수'(삶과 기억)가 잉잉 울리는 화평동 곳곳과 지근거리 장소들, 이를테면 "자선약국/만화로다방/화평세탁소/양키시장/국일관/동인천 장례식장/그리고 부평 화장터". 아마도 시인은 뒤이어 붙인 "녹아내리는 팔, 다리, 눈동자, 심장을 담았던 집"을 "부평 화장터"(「나비 주파수」)에 바쳤을 듯합니다.

그러나 나는 이 타나토스의 화덕을, 에드워드 렐프의 정의를 빌린다면, "다양한 장소의 정체성에 공감하는 능력, 인간의 실존과 개인적 정체성의 초석이 되는"'진정한 장소'로 고쳐 읽고 싶습니다. '화장터'는 겉보기에 가녀린 나비의 시린 날개를 단숨에 불태울 듯한, 다시 말해 나비의 위태롭되 끈질긴 삶을 단숨에 녹여버리는 폭력적이며 무자비한 공간에 가깝습니다. 하지만 우리의 섣부른 판단과 달리, 사멸의 불길은 그 무엇보다 붉디붉게 찢긴 삶의 근원적 처소('자궁')와 제 살을 전부 내려놓은 마지막 것, 곧 새하얀 뼈('뼈')들을 '나' 아닌 '너'들에게 돌려줄 줄 압니다. 이 '나비'의 '처음'과 '끝'의 타자에 대한 증여는 '나비'의 육체와 영혼, 그리고 그것이 속했던 모든 시공간이 '너', 아니 '우리'의 그것들이라는 타자에의 동일시와 실존적 내부성을 허락하는 일대 사건으로 거듭납니다. 이로써 '화장터'가 예의바른 장소-'애(哀)'를 넘어, "강렬하게 개인적이고 심오하게 의미 있는 장소와의 만남"(에드워드 렐프), 곧 장소-'애(愛)'의 지대일 수 있는 까닭을 이해할 수 있겠군요.

이제 그러니 "모든 것이 그냥 혼자 서 있으며, 장면이 자꾸 바뀌는 쇼"(에드워드 렐프)의 잔인한 공간을 통과하여, "가슴속엔 새로운 정부를/모든 경계선을 지워가며"(「날짜변경선」) 수립 중인 나비의 날갯짓과 항로를 찬찬히 좇아가볼까요?

> 그애의 질병 같은 사랑도 영 끝이 났다네
> 산업역군이라던 그애의 가면 아래 썩어가던 일기장
> 폐수가 흐르는 수문통에서 다시 그애를 만났을 때
> 그애의 상처는 딱딱하게 굳어갔지
> 밀랍 인형 몇이 따라다니며 상처를 닦아주었네

인형들의 눈빛은 공장 굴뚝 연기처럼 흔들리고 있었네
— 「동일방직에 다니던 그애는」 부분

우리는 산업화 시대의 누이들, '영자'(조선작 『영자의 전성
시대』)와 '백화'(황석영 「삼포 가는 길」), '지혜'(한수산 『부초』)
의 고단한 삶을 기억합니다. 아비와 오라비들을 위해 '논
밭'에서 '공장'으로, '서커스단'으로, 결국에는 역전의 후
미진 '창녀촌'으로. 이설야 시인의 환등기가 비추는 과거
의 화평동에서 저 누이들의 삶을 겹쳐 읽지 않고서는 "산
업역군"들이자 "인형들의 눈빛"인 '그애'들의 고되고 쓸
쓸한, 내일의 희망이 오늘의 절망으로 돌변된 비애와 설움
을 제대로 이해하거나 공감하기 어렵습니다.

화평동의 "양키시장" "만화로다방" "일번지다방", 이곳
들은 "그애의 질병 같은 사랑"이 떠밀려갈 미래였으며, 툽
툽한 연분홍으로 분칠된 "밀랍 인형"의 상품화된 성애만
허락되는 '무장소'에 가깝습니다. 개인의 다양성과 개성
이 존중되며 타자와의 연대와 대화가 자유로운 진정한 장
소와 달리 무뚝뚝하니 비슷한 모습으로 유사한 느낌과 무
감동한 경험을 강요하는 "날마다 함께 구겨진 방들"(「신흥
여인숙」)과 같은 타나토스의 공간 말이지요.

무장소성의 삶은 그러나 저 누이, 이모들과 한동네 살았
던 화자의 몫이기는 마찬가지였답니다. 다시 말해 자아의
처지 역시 구원과 탈출의 가망 없는 악무한의 뫼비우스띠

같았다는 사실, 이곳에서 "우리는 좀더 어두워"져가던 실존의 비극성과 타락한 고향의 폭력성을 더욱 절실하게 예감하고 확인하게 되는 것이지요.

> 꿰매고 꿰매도 실밥이 터져나오던
> 동생의 어린 노동으로
> 밑단이 뜯어진 가계를 조금은 꿰맬 수 있었다
> 얼굴까지 퉁퉁 부은 월급날
> 동생의 축 늘어진 그림자를 인형들이 들고 집으로 돌아왔다
> 나는 동생의 그림자를 야금야금 먹기 시작했다
> ──「그림자극」 부분

내 독법이 맞는다면, 『우리는 좀더 어두워지기로 했네』에서 시적 자아는 엄마 부재의 생활에 던져진 상태입니다. "해성보육원"(「해성보육원」)이니 "공장"(「그림자극」)이니 하는 억센 규율과 소외의 공간 체험은 "인형도 동생처럼 엄마가 없"(「자동인형놀이」)거나 "대문 밖,/발가벗겨져 눈 속 깊이 파묻"(「해성보육원」)히는 모습으로 드러나고 있지요. 그나마 다행인 것은 우리의 '순이'는 아우 '영남'(임화 「우리 오빠와 화로」)과 함께 "어린 노동"의 힘겨움으로 잃어버린 엄마의 사랑을 그런대로 대체하고 있다는 사실입니다.

하지만 벌써 안심할 일은 아닙니다. 왜냐하면 "동생의

축 늘어진 그림자"로 꿰매진 '인형'과 "내 심장과는 다른",
내가 "공장에서 만든 심장들"은 언제나 "작업반장"으로
표상되는 힘센 팔루스들에 의해 "불량 심장은 모두 폐기
해야 한다"(「심장공장」)는 위협과 공포를 살아야 했기 때문
이지요. 이것은 직업과 생활의 박탈을 넘어 변두리 삶을
간신히 지탱해온, 또 현재를 넘어 미래에도 의지가지가 되
어줄 친밀감의 말소, 곧 가족해체 및 실존의 파탄을 불러
올 수 있는 결정적 위기에 해당됩니다.

천국은 어린아이의 것이라고 하는데, 아이들의 입에
서는 검은 연기가 흘러나왔다. 연기 속에서 배고픈 쥐들
이 내 얼굴을 조금씩 갉아 먹었다. 쥐들의 이빨 자국이
지나간 내 얼굴이 날마다 종소리와 함께 시궁창 속으로
빠지고 있었지만, 아무도 말을 걸지 않았다.
— 「아버지 별명은 생쥐」 부분

'생쥐'라는 별명이 암시하듯이, 가부장제의 팔루스로 발
기한 '아버지'는 그러나 기껏해야 힘없는 "어린아이"나 갉
아 먹는 별종의 야비한 하위주체일 따름입니다. 아버지 일
반의 사랑과 자랑을 창피한 폭력과 착취로 서슴없이 대체
하는 그이기에, '아버지'는 삶의 보호막이기는커녕 "고인
흙탕물 속으로"(「어제 자르다 만 귀가 있다」) '나'와 '동생'을
서슴없이 던져버리는 부정적 존재랄까요. 그런 의미에서

143

이곳의 '아버지'들은 혈연이나 법적 결속을 수시로 일탈하는, 시인의 표현을 빌리자면, 인두겁 쓰고 "아이를 삼킨 어둠"의 "의붓아버지"(「동화관제」)일지도 모릅니다. 이 도리 없는 애증의 연(緣)을, 또 이후 멋대로의 절연(絕緣)을 시적 자아는 "나를 미리 산 아버지/그늘진 내 얼굴에/고양이 발자국 여럿,/옮겨놓고 사라졌다"(「내 얼굴에 고양이 발자국 여럿」)라고 적어두었군요.

시인은 "위험 접근 금지"(「공가」)라 써 붙이고 철거를 기다리는 오늘날 화평동의 빈집들을 '공가'라고 일렀습니다. 『우리는 좀더 어두워지기로 했네』 속 아이들은 그러나 어린 삶 내내 빈집을 떠도는 "집 나간 고양이" "네 발로 뒤로 걷는 수수께끼" "아무것도 포개고 싶지 않은 낮달"(「문 닫은 상점의 우울」)이었다지요. 생활 자체가 철거인 현실에서 그들의 살아 있음은, 자기확신의 정체성은 '아버지'에게서 물려받은, 아니 강제로 표지(標識)된 "고양이 발자국 여럿"을 세어보거나 거울에 비춰볼 때야 가능했다는 끔찍한 환경, 이 지점에서 피할 길 없는 존재의 고독과 삶의 불우가 막막하고 울울하게 흔들렸을 겁니다.

그렇다면 '나'와 '동생'의 어린 시절이 「그림자극」과 「자동인형놀이」로, 또 '지금-여기' 전철 안의 "껌장수 배역을 맡은 앵벌이 소녀"의 독백이 「막간극」으로 표제화·형식화되는 것은 너무나 당연한 귀결입니다. "그림자를 껴입"(「그림자극」)거나 "햇빛 가면을 쓰고"(「막간극」) "눈알

하나가 빠진 인형"(「자동인형놀이」)의 형상으로 "새로 태어
나는 시간을 죽이"(「장롱 속에는 별을 놓친 골목길이」)는 것이
유일한 존재증명의 방식인 '시앗'과도 같은 삶. 이런 위태
로운 상황을 감안하면, 기억에도 가뭇한 '엄마'를 다시 불
러들이거나 변두리의 삶을 문득 그리고 때때로 송전하는
"은하카바레"(「은하카바레」)의 '아버지'(에 대한 기억과 흔
적으)로부터 벗어나지 않는 한 성숙하고 자유로운 삶의
정극(正劇/政劇) 상연은 도무지 불가능합니다. 자아가 시
간과 삶의 추를 다시 이 시대의 "무너져내리는 벽 속"(「성
냥팔이 소녀가 마지막 성냥을 그었을 때」)으로 돌릴 수밖에 없
는 이유랍니다.

1) 빨간 하이힐들이 계단 너머 개찰구로 사라지자, 건
   반을 두드리듯 고음을 내며 다시 하이힐들이 내려온
   다. 둔탁한 저음으로 계단 건반을 밟는 넓적한 구두
   코. 두세계단씩 음을 건너뛰며 내려오는 짝짝이 슬리
   퍼. 멀리 나갔다 와서 너덜너덜해진 검정 구두. 밑창
   이 닳아 발가락이 보이는 운동화가 검은 건반을 밟으
   며 미끄러지듯 내려온다. 휠체어에 실려 내려오는 볼
   이 넓은 구두는 언제나 무반주다.
   ──「우기─제물포역」 부분

2) 무심코 당신은 빗속을 걷고, 사랑을 하고, 아이를 낳고

무심코 당신은 웃고 있는데 눈물이 흐르고
거리는 바다가 되고, 침몰이 되고, 침묵이 되고
배냇저고리는 수의가 되고
기억은 혓바닥을 지나
등줄기를 지나 호수를 달리는 기차가 됩니다
—「위험한 천국」부분

"우리는 좀더 어두워지기로 했네", 과거에 자아의 실존과 부조리한 현실을 바라보던 이 내면의 창을 '지금-여기'의 그것들을 향해 여는 것. 이설야 시인의 선택지입니다. 이를 통해 시적 자아는 '생쥐-아버지'를 '나'의 기억과 무의식 속으로 슬며시 숨길 수 있을 겁니다. 하지만 현실 곳곳에는 이 시대의 무섭고 치사한 '생쥐-아버지'들이 군집을 이루어 여기저기 출몰하는 객관적 현실을 드러내는 것이 더욱 중요합니다.

1)은 우중충한 유령처럼 나타났다 사라지는 군중의 익명성과 불통성을 각양각색인 듯싶지만 용도와 효율에 충실하게 사물화·도구화된 신발의 움직임으로 톺아냈군요. 2)는 "볼록한 배를 광목천으로 꽁꽁 감고 / (…) / 나가서 돌아오지 않았"던 "수문통시장 언니들"(「수문통 언니들」)의 비극을 전혀 다른 방식으로 '지금-여기'에 새겨넣고 있는 듯합니다. 1970년대 그녀들의 타락과 추방은 현실의 구조적 모순 못지않게 개인의 성향과 윤리의 파탄이 그 까닭으

로 지목되는 경우도 허다했지요. 물론 헐거운 도덕률과 용이한 욕망의 충족은 어제보다는 오늘의 현실에 더욱 가깝습니다. 하지만 문제는 그 느슨한 틈을 비집고 가공할 만한 죽음의 집단화와 사물화 현상이 더욱 깊은 뿌리를 내렸다는 사실이지요. 2)의 '사랑'과 '생산'의 일상이 아무렇잖게 죽음과 파멸, 거짓으로 미만한 "위험한 천국"으로 탈바꿈하는 현상이 그에 대한 예시이겠지요.

이토록 죽음과 폭력이, 억압과 소외가 여전히 편만한 우리 현실을 무어라 부를 수 있을까요? 나는 감히 "죽은 엄마가 가끔 항아리 속에서 울었다"(「눈 내리는, 양키시장」)는 구절에 손을 내밉니다. 물론 "죽은 엄마"보다는 "울었다"에 초점을 맞추면서요. 그녀와 가족 관계를 형성하는 하위 주체들을 시의 몸으로 불러들이는 일은 그리 어려울 것 없습니다. 그러하되 '그녀'들의 개성과 가치를 충분히 발현하고 내면화할 수 있는 목소리나 형상을 육화(肉化)하는 작업이 훨씬 중요하지요. 이 점, '모두가 꽃을 보기 위해 허공을 버틴다'를 부제로 거느린 「식물들의 사생활」이 눈물겹고 아름답게 부감되는 첫째 요인입니다.

1) 옥상에 숨어 피고 있었다/노을이 붉어지자/선홍빛 꽃잎을 크게 벌리고/노란 꽃술을 부르르 떨기 시작했다('양귀비꽃')

2) 숭의동 집창촌 13호/선홍빛 유리문 안에/검은 속눈
   썹 붙인 얼음꽃들('얼음꽃')

3) 매 맞은 여자의 자줏빛 얼굴이/땅바닥에서 밟히고 있
   다/물거울처럼 너는 헛것! 헛것이었다고,('자목련')

변두리 삶으로 그쳤던 '화평동' 이모들이 드디어 '꽃'으
로 환생했군요. 우리의 올바른 독법은 그러나 '그녀=꽃'
의 아름다움을 무작정 칭송하는 일에 있지 않습니다. 꽃
잎마다 얼룩진, 그래서 더욱 짙어지는 삶의 환난과 실존
적 고통을 냉정하고 정직하게 응시하는 것에 있지요. 그렇
지 않고서는 그녀들의 남편이거나 아들일 오늘날의 "스물
두켤레의 작업화에" 바쳐진 '종이꽃'은 어쩌면 살아남은
자를 위한 면피용 제의(祭儀) 용품에 불과할지도 모릅니
다. 우리에게 가장 시급한 과제는 저 꽃들 모두에서 "아직
살아 있는 신발"을 찾아내어 우리 모두가 함께 신어야 하
는 일입니다. 그럴 때만이 "꽃을 사면서부터 꽃을 잃어버"
(「해바라기꽃들의 방문을 열자」)린 부조리를 극복하고 모든
하위주체들의 '죽음=꽃'을 정중히 애도하는 동시에 우리
삶 곳곳에 다시 피워내는 일이 가능해질 겁니다.

  죽음을 담지 못하는 관은 가장 멀리 있는 진실
  아이들의 아직 태어나지 않은 먼 아이들과 함께 실종

중이다

> 우산을 거꾸로 쓴 박쥐들이 빨간 구름을 모으는 저녁
> 별들도 두려워 눈을 질끈 감는다
> 아이들의 젖은 그림자를 훔쳐간 사월이 가지 않는다
> ──「사월(死月), ── 대지와 바다의 열쇠를 훔쳐간」 부분

"아이들의 젖은 그림자"에 대해 무슨 말이 필요하고 또 가능할까요? 차디찬 '사월(死月)'의 물속에 갇힌, 아니 버려진 아이들이 남아 있는 한 "아직 태어나지 않은 먼 아이들"과 마찬가지로 지금의 우리들 역시 죽어서도 "실종 중"이어야 마땅합니다. "내가 머뭇거리는 동안/꽃은 시들고/나비는 죽었다"(「조등(弔燈)」)는 사실만이 유일무이한 진실이기 때문입니다.

이런 의미에서 『우리는 좀더 어두워지기로 했네』를 여는 시가 「성냥팔이 소녀가 마지막 성냥을 그었을 때」이며 닫는 시가 「조등」이라는 것은 매우 의미심장합니다. 동화에서 "성냥팔이 소녀"의 마지막 성냥은 "돌아보니 아무도 없고, 저 혼자" 핀 불꽃(환상)으로 끝내 스러졌습니다. 그러나 시인은 뜨거운 언어를 감춰둔 "성냥 한개비"를 스스로 통과해온 "무너져내리는 벽 속"에 갇힌 "누군가"(「성냥팔이 소녀가 마지막 성냥을 그었을 때」)의 삶을 비추고 기록하며, 나누고 전달하는 작업에 바쳤습니다. 그 일을 두고 "먼

저 사랑한 순서대로/지는 꽃잎/나는 조등을 달까부다"
(「조등(弔燈)」)라고 고백한 것이겠지요.

그렇습니다. 이설야 시인은 '조등'을 시의 아프고도 맑
은 빛으로 내겶으로써 "막간극"과 "그림자극" 속 '그애'와
'이모', '동생'과 '아이들'의 패배와 죽음을 '모두가 보기
위해 허공을 버티는 꽃'으로 피워낸 것입니다. 이제 우리
에게는 저 "대지와 바다의 열쇠"를 빼앗긴 '아이들'이 다
음 시집에서 무슨 꽃으로 어떻게 피어날지를 떨리는 마음
으로 기다리는 일만이 남았습니다. 그때야 간신히 우리는
더욱 어두워져 오히려 좀더 밝아지기로 약속하게 될지도
모르겠습니다.

崔賢植 | 문학평론가·인하대 교수

발바닥이 흥건하게 젖었던 날들이 지나갔다.
그것이 시가 되었다.

기억의 저지대로 내려가면
거기 손을 내미는 개천의 물풀들
검은 폐수가 흐르는 바다와 공장들
공가와 폐가, 곁을 내주는 스산한 골목들
상처와 상처들이 부딪치며 내는 생활의 소리들
그것은 나만의 것은 아니었다.

우리는 좀더 어두워지겠지만,
흰 빛들을 끌어 모을 것이다.
그 빛들은 눈송이들을 끌고 다닐 것이다.
마침내 눈은 쌓여 어둠을 덮을 것이다.
생의 골목골목은 광장이 되고
광장은 시가 될 것이다.

내 시의 본적이 되어준 인천에서
이설야

창비시선 405

우리는 좀더 어두워지기로 했네

초판 1쇄 발행/2016년 12월 12일
초판 3쇄 발행/2017년 9월 19일

지은이/이설야
펴낸이/강일우
책임편집/박지영
조판/박지현
펴낸곳/(주)창비
등록/1986년 8월 5일 제85호
주소/10881 경기도 파주시 회동길 184
전화/031-955-3333
팩시밀리/영업 031-955-3399 편집 031-955-3400
홈페이지/www.changbi.com
전자우편/lit@changbi.com

ⓒ 이설야 2016
ISBN 978-89-364-2405-3 03810